家源·问道

王淳华　主编

Great Western Hills

大西山

Great Western Hills

家源

"隐迹栖真之所，无逾于此……实乃福地也"（丘处机）

公元 1220 年的一天，一行人自西山东南方迤逦而来，个个发髻高绾，道骨仙风，他们在西山腹地的一处台地上驻足观看，当下为这里的风水气势所深深震撼。

此为"隐迹栖真之所，无逾于此……实乃福地也"——说这话的，就是当时中国道家神仙级人物**丘处机**。他取道这里北上觐见成吉思汗，因为旅途漫长劳累，丘处机师徒一行在此休憩数月之久，这个在九百年前就有人烟栖居的小村叫作"燕家台"。

丘处机：（1148—1227），字通密，道号长春子，今属山东省人。在道教的历史和信仰中，丘处机被奉为全真道"七真"之一，以及龙门派的祖师，在金庸的武侠小说《射雕英雄传》和《神雕侠侣》中，他被描述为一位豪迈奔放、武艺高强的道士，以及抗金护民的英雄人物，这使他更为大众所知。老百姓为纪念他的无量功德，定其生辰正月十九为燕九节，岁岁庆祝至今，已成京津地区的著名风俗之一。

　　时隔两百年后，大明王朝皇家陵寝的选址工作开始，似乎验证了丘处机的判断，这里被作为了首选地点。

　　据传，当时世居于此的百姓因为不愿背井离乡被迁走，竟然借用谐音把村名改为"偃驾台"而迫使皇陵选址另择他方，北移至今天**明十三陵**所在的昌平军都山。

明十三陵

　　燕家台，没能成为皇陵所在而名垂青史，但却守住了千年的静谧安详，成为一方西山子民世代安居的家园。

燕家台

十集大型人文历史纪录片《大西山》	
第九集	**《家源》**

今年 78 岁的 李明元 老人，是土生土长的燕家台人，最近，他历时一年多筹备的一桩大事终于进入了收尾阶段。

李明元自幼丧父，母亲也在其少年时离世，他在同姓叔叔的家中长大，但对双亲的思念却从来没有消失过。古稀之年，他按照记忆画出了父母的样子，并亲手设计绘制了燕家台村的李氏家谱。

从确认每一代先祖的名字、子嗣分支的情况，到手工绘制、复制、装裱，十二份家谱用了将近两年的时间。

李明元在绘制家谱

李明元绘制的家谱是用当地传统的卷轴形式，上面有序，罗列着李氏已故的十一代先祖的名字，一代代先人的名字被一个形如四合院的图案围合成一个整体，在代表入口的院门上，题写着"水源木本"四个大字。

"慎，我想就是细心，认真地、仔细地追溯到李这个姓氏的源上；水，你要知道源头；木，下面再搁一横是本；本，就是树的根。树

李明元（78岁），燕家台村民

就得找着根，人得找你的老祖宗在哪，找源头去，找根去……"

"我觉得家有家谱，就像歌一样，唱歌你得有乐谱，如果乐谱错了，那就跑调了，要是家谱不知道或者错了那就乱了宗了。树有根，水有源，音乐有乐谱，家有家谱。"

李明元绘制的家谱（局部）

"水源木本"

燕家台自元代成村，一直到清末民初，都是典型的军户村，就是以军事防御为主要功能建立的村落。

爨底下村

　　大西山地处太行余脉，是山西平原、蒙古高原、东北平原进入
华北大平原的分界线。因此，在西山腹地分布的二百余个传统村落
中，军户村占到了百分之七十以上，从它们的名字中即可一目了然，
凡是带有台、关、堡、城字的，必是驻军成村。

北京灵水村

大西山产的山杏核

　　在李明元的记忆里，秋天有两个，第一个是和任何地方都一样的秋收季节；第二个是老家山里独有的"杏秋"。每到春夏之际，遍山的杏树从粉白的花海到结出果实，再到山杏熟透变为金黄，这甜杏的核砸开露出白嫩的杏仁，晒干后就是最抢手的山货，是带给山里人富足回报的丰收，因此，虽是夏天，亦称为"秋"。

　　在中国，"村"字及具体村的名称最早出现于东汉中后期，至唐代，明文规定所有野外聚落统统称为"村"，并规定"村"为一级行政组织单位，这样就使村的含义有了质的变化。在一个农耕大国其后漫长的历史中，"村落"意味着聚族而居的安全，意味着衣食饱足的劳作，意味着血脉亲情的源头，"村"就是"家"。

"村"就是"家"

"当一个人离开家乡越久，越知道家是什么。"

20 世纪 70 年代出生在北京密云的池越强，从大学毕业后就开始了创业，曾经创建经营了两家客栈。八年前，池越强来到了美国西雅图居住，但是他的心却始终没有离开过乡村。

池越强，乡村遗产规划师

"当我在美国生活、在欧洲游历的时候，我都感觉到人们对乡村生活那么向往，虽然他们经历了那么多年的城市文明，但是他们越发的回流，回归到乡村，每每看到他们享受的时候，我总是在想我们的家乡。我们的家乡恰恰相反，大家在逃离，甚至于嫌弃，我就在想为什么，我们的家乡为什么不能做得像欧洲小镇一样优美，为什么不可以那样舒适呢？为什么不可以那么干净呢？我们的乡村有着几千年的农业文明，有着那么多的文化遗产。所以我要用我几十年积累的学识和经验，做一点事情。"

　　2016 年，几经周折，池越强在北京选择了两个院落作为乡村遗产改造与利用的试点，从此，他开始了在地球两端往来穿梭的生活。他要和朋友们一起，把这里改造成地道又有个性的北京民俗客栈，让荒废已久的老院子新生。而这里，也将成为一个承载了许多心愿的家园。

　　"每个院落都有自己的生命，每个院落的生命也都不同，所以我在做一个院落的时候，要么我坐在院里，要么我坐在山上，远远地看着这个院落，我去感受它的生命，每个家族，每个家庭，对自己的亲情，对自己家族传承下来的历史，对祖先的缅怀，和对孩子们的期望……其实他们所有的感情都在这里面。"

池越强，乡村遗产规划师

每个院落都有自己的生命

生命，在四季中轮回；泉水，在山谷中穿行；庄稼，在土地里成长；房屋，靠土石搭建。在城市文明迅速扩张的进程中，延续千年的生活方式，在迅速地湮没、衰减，越来越局促地退守到那些因为偏僻遥远，山高谷深而被繁华遗忘的角落里。

绝不过多地占有，坚持平和与分享，在这些古老的村落中，祖先所推崇的信条，还在被固执地遵守。在水峪村，以前生了男丁必须将孩子的胎盘埋于石板路下，意为磨炼意志、承受压力，未来才是栋梁之材。

生命，在四季中轮回

"取一块石头，把刚出生男孩的胎盘压在下面，人走得越多越好，埋的人都是男人，像叔叔、大爷，我们村里祖祖辈辈都这样，以前每个家庭的孩子都多，每个男孩的胎盘都要埋，所以几乎每块石头下边都埋着胎盘。"

王金霞（45岁），水峪村村民

每个院落都有自己的生命

　　水峪村形似八卦，俯瞰之下，蜿蜒的水道恰似阴阳双鱼之间的分界线，位于东南坡的月丘是乾卦，而地势较低的娘娘庙所在之处正是坤卦，青龙、白虎、朱雀、玄武四门清晰，整个村落依山傍水，布局和谐，历史上商贾繁盛、文化昌达。

　　水峪村石板路蜿蜒交错，大都有 500 年以上的历史，从元代起这里就是蒙晋两地通往北京小平原的重要通道之一，兴盛数百年的古商道浸染着水峪村人心怀开朗、热诚通达、好诗喜文的传统。

水峪村

20世纪60年代高中毕业的杨守安算是当年村里的文化人，如今随着造访古村的游客日渐增多，爱好舞文弄墨的他想到了用自己创作的几百首诗歌，向大家展示水峪村的历史与自然。

"暑热不思荤，小菜绿喜人。凉水饸饹面，一吃就精神。"在杨守安的诗歌中，有老宅，有女鬼，有古树，有丰收，也有他日复一日的喜乐与哀愁。

一个外乡人读过这几十块石板，也就知道了水峪村是个什么模样。

杨守安（69岁），水峪村村民

"我的诗写在石板上，每块石板就相当于是我的一个本子，石板在我们大山里的作用好大呀！我们住的屋子，房顶是用石板盖的，我们的水缸盖也是用石板做的，我们的小饭桌也是石板做的，我们的路、小院都是石板铺的……石板，跟我们的生活息息相关。"

杨守安的石板书

用大青石做成的磨盘

　　杨守安把自家的小院命名为"石板人家"，但最近他开始忧心起来，随着京西石料开采的终结，他的石板面料也面临匮乏。

　　京西盛产煤矿和石材，尤以水峪所在的大房山一带出产的大青石质量最为上乘，用这里的石料做的碾子、磨盘，经久耐用、有不掉渣又保持纹理的韧性，磨出的粮食美味可口，但是手工劳动的辛劳和缓慢，早已被年轻一代远离。

纱帽山

　　在真正的水峪人心中，最有名的一块石头是这块位于村口瓮桥下面的"拜山石"，站在上面半弯折腰，就能完整清晰地看到村子的靠山——纱帽山。"拜了纱帽山，富贵又平安"，口口相传的老话儿，寄托着世代山民对大山的敬仰和感恩。

石头来自于大山的馈赠，山为人们提
供了庇护和保障，坚如磐石的大西山在供
给人们上好石材的同时，也赋予了这里的
人同样敦厚坚韧、直道而行的性情。

酷热的三伏天里，六十八岁的 **王庆月** 每天仍然要上山砍荆稞。这些看起来凌乱的荆条，在他的手里会逐渐变成另一样东西。

如今，来古村观光的游客越来越多，其中不乏腿脚不灵便的老年人，木匠出身的王庆月想到了自制拐棍，免费送给有需要的人。在他的小本子上，记录着送出去的拐棍已经超过了三位数。

"为他人着想，不管事大小，只要为别人做，就是对的，就应该做"。

王庆月（72岁），水峪村村民

自制拐棍的王庆月

与**王庆月**对门而居的杨万俊，也是一位独自生活的老人。近年来，因为村里独居的老人越来越多，身体硬朗的杨万俊逐渐把照顾那些比自己年长体弱的乡亲，作为了每天的必修课。

每天清晨五点，杨万俊就准时出门，给村里十几户老人送豆浆，这件事，他已经做了九年。送豆浆的时候，看到哪位老人头发长了，他还要负责理发的事。

晨起，送豆浆的杨万俊

在同一个村中，同一个姓氏基本都是同宗同族的亲戚，以家庭宗亲为核心的村落人际关系，是与城市文化最为不同之处。在这个金色的秋天离去之后，杨万俊每天探访的名单上，又少了一个，九十二岁的杨天伯去世了，水峪村九十岁以上的老人只剩下了一位。在北京人口已经突破两千一百万的今天，北京有农村居民三百万，仅占全市人口比例的百分之十三，其中真正生活在乡村的人口比例更低。

时光流逝不过百年，城市与山村已迥异千里。此时此刻，还有一群已至古稀、耄耋之年的老人，仍在年华老去中按照一百年前的方式生活、劳作。他们在安然中静守，在安然中离去。

水峪村生活场景

88岁的王桂伶（左）和96岁的杨天凤（右）

在大西山腹地的山村，最常见的院落格局就是这种四面围合的形式，因山区土地的局促，大多数会只盖三面房屋，称为山地三合院。无论是哪一种合院，从内部看来都是上接天下接地，外部看来避风藏水，合在其中的，是家。

山地三合院

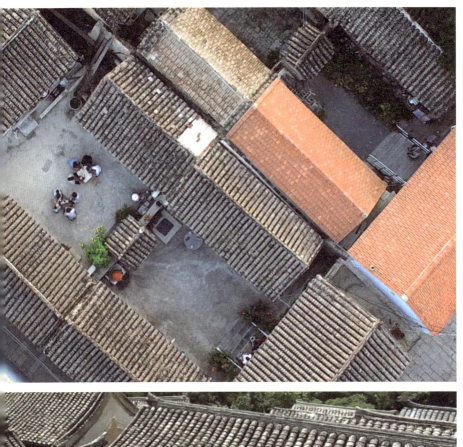

　　池越强正在施工的小院，工程已经过半，他坚持使用当地最传统的方式建造房屋，保留所有的椽子和几十年的大梁，用夯土的方式建造未来的咖啡屋。

　　三十二岁的宋纬延，是留学法国的建筑师，他和池越强一起，在对这个小小的院落进行着严谨而大胆的改建。来自大洋彼岸的团队，也参与着这个小小的院落的一点点建成。

　　当下一个秋天到来的时候，这个小院就会迎接第一批回家的人。池越强向大洋彼岸的朋友们介绍这个小院时，他把它称为"land house"，中文名"土筑"。

施工中的"土筑"

"怎样把老房子的生命传达出来，继续在这个院落中体现出来，传承下去，所以我们就用它拆下来的老木料。老人说这个拆下来的老木料我能不能把它拿回去烧火？我说，别，这些老木料都是它的生命，是不是您从山上背下来的？他说那有什么用啊？我说，留着它做一个物件，我不知道我要做什么，也许我做一个灯，也许我做一个其他的东西，我放到这个院落里，等您的后代来时，您给他讲故事……"

池越强，乡村遗产规划师

"土筑"（land house）

一个院落就是一个家，多个院落就构成一个村庄，在大西山宏伟的山间谷地之间，在曾经奔涌着的条条大河之畔，那些从西北高原、东北平原、蒙古高原走来的人们，在此栖息、安居、繁衍，传承着温厚绵延的家的源流。

除夕之夜，那一封封书信，是这里每个家庭对逝去祖先的怀念，他们要在新的一年来临之际，把对先祖的思念和感恩遥寄到另一个世界，这一习俗被当地人称为"送亡书"，成为每一个家庭在阖家团圆的喜庆年夜里最为隆重的仪式。

一个院落一个家

"送亡书"

035

西山之大，得以生；西山之深，得以藏。

　　毫无疑问，隐匿在大山深处那些世代生长于此的山民们，是一个特别而具有象征意义的群体，他们倔强蓬勃地立于国之都城一侧，见得世事浮沉，快意恩仇但又笃信一家之传；听得车马喧嚣，足迹四方依然固守家乡之源。

一座山，一个家，千年百年，
野火烧不尽；一座山，一个家，
古往今来，春风吹又生。

导演手记：

家园，家源

/ 第九集《家源》分集导演　朱晓梅

如果说，在一个大部头的纪录作品中，每一集都要有角色定位的话，我觉得《家源》就是一位从山中走来的敦厚长者。朴实，淡定，没有光环，不乏温度。

一开始，我们总是认为他是简单的。不需要太多的学术支撑，没有复杂的考证必要，去拍就是了，他总在那儿。我们去了，一再地造访，一再地打乱他平静的生活节奏，不断制造各种麻烦。确实，他总是在那儿，不拒绝，很配合，接受我们提出的一切要求。我找到了他的故事，描摹了故事的背景，一步步地开始推进拍摄。

一切都是顺利的。

我们最初选定的都是国家级的传统文化村落，爨底下村、灵水村、水峪村、燕家台村，等等。一个个村中的老人开始走进视线。70 岁的，80 岁的，90 岁的。

慢慢地，开始感到缺少了什么。

我们的城市和村庄的距离有多远呢？就像站在我对面的 90 岁的老爷子，跟我说："凡事别着急，一低头，就过去了。"

一再地去，从三伏天到三九天，每次都去拍他，每次都去看他，竟然有些惦记。

摄制组在房山水峪村拍摄，右一为分集导演朱晓梅，因为没有合适的地方可放置监视器，她就用手抱着来看拍摄画面

　　冬天里，遇到老爷子拿药回来，我看着他穿的夹袄说："您不冷吗？"老爷子笑着说："好衣服穿不着，我一个妹子送的大衣一直在箱子里呢，没穿过。"

　　后来，我一直在想，妹子长什么样子呢？她还好吗？

　　终于，没有机会再问，老爷子在那个冬天去世了。

　　还好，他拄拐杖的样子和可爱的笑容，都留在了《家源》里了。

　　后来，《家源》经过了最大幅度的脚本结构调整，我们放进了对乡村未来的思考，对乡村现状的关注。我们也放进了年轻的城市人对传统乡村的探索。

　　我们希望，能在这里，留住光，留住温度。

摄制组于深秋清晨，在房山水峪村旁的山顶上拍摄日出

摄制组在门头沟燕家台拍摄李明远写家谱的过程

摄制组在房山水峪村拍摄制作拐棍的王庆月

　　在《大西山》当中，只有《家源》中有好几位现实人物出现，他们的故事，他们人生的片段，被记录下来。

　　在这个过程中，我看到了偏僻与匮乏，也发现了丰富与自尊。就像那位绘制家谱的李明元老人告诉我的，水有源，树有根。"本"，就是"木"加了一横，做人不能忘本，就像树不能没有根。

　　这位和我父亲同岁的老人，永远温和喜悦，待人恭谨。他是孤儿，今天拥有四世同堂的和睦大家族，他绘制家谱的四合院构图，真正让我理解了，中国人是一个生活在院子里的民族。我们的祖先，一直都在这个院子里，从未离开。

　　《家源》是一次寻源之旅。

　　在大西山深处，让我们找到了家的温暖。

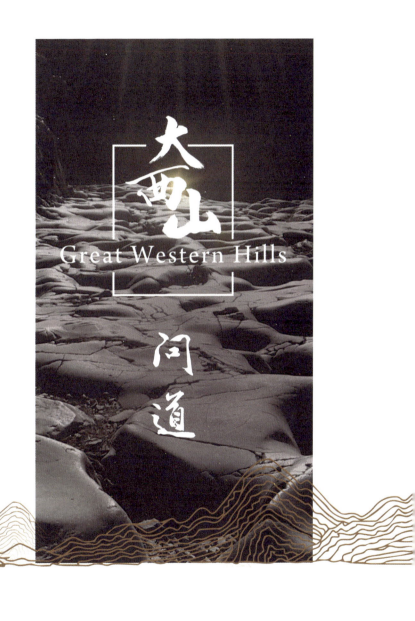

大西山

Great Western Hills

问道

在中国版图上，从青藏高原起始，自西向东，地势由高而低，形成了格局分明的三大阶梯。在以黄土高原、内蒙古高原为主体的第二阶梯与第三阶梯的东部平原之间，最为重要的分界线，就是延袤千里、百岭互连、万壑沟深的太行山脉。

沿着太行山脉东麓，一条由南向北的古代大道，同样也是数千年华夏文明不断演进的长路。从中国先民最早的城市聚居之域中原地区一路向北、最终连接东北平原和蒙古高原的这条道路，与分布在太行山中的若干条南北走向的河谷走廊——太行八陉，形成了最初的中华道路体系。

而最早占据了这个路网枢纽位置的，是在北京小平原建立的蓟城。此后的三千年间，北方逐渐强大的少数民族通过这些重要的山谷通道，与中原地区的汉族王朝进行着不间断的征战与融汇；西山大道，蔓延、纵横、兴衰，逐渐形成一个相对完整的网络，这个庞大的路网也成为六朝古都北京成长演进的见证者。

十集大型人文历史纪录片《大西山》	
第十集	《问道》

　　当城市还未褪去绿意，西山的金秋却已经来了。大西山的秋，绚烂夺目，氤氲多姿，这是一年中百花山顶最繁华的季节，人流川息，车来车往，西山这美不胜收的秋色之中当然包括这一段——被誉为北京最美的盘山公路。

北京最美的盘山公路

显光禅寺（北京市房山区）

百花山，海拔 1998 米，始建于唐代的 <u>显光禅寺</u>，是北京海拔最高的佛教寺院。每天霞光初照之时，这里唯一的住寺僧人法生和尚，都会准时敲响晨钟。天际朝阳，照耀着连绵的山谷，山谷的东边，就是北京城。

显光禅寺： 辽大康（1075—1084）前已存在。辽代时，因寺庙附近有千佛岩，而称佛岩寺，明代因寺庙以供奉文殊菩萨为主，又改称为文殊寺。清代重建，传说千佛岩夜里常闪光，白天有五色光环出现故改称显光寺，全名为"护国显光禅寺"。显光禅寺规模巨大，极为壮观。

近七八年来，偌大的一个显光禅寺，只有法生和尚独自住持，天气寒冷气候恶劣是一个重要原因。

进入 10 月以后，百花山顶将迎来漫长的冰雪期，气温持续在零下二十到四十摄氏度之间。自古以来，西山不仅是为北京小平原屏蔽塞外寒流的最后一道门户，更是一座神奇的能源宝库——在北方苦寒难熬的冬季，这里，为北京城带来了延续千年的温暖。

西山对于北京的重要性之一，是源于这里遍藏乌金。据元代志
书《析津志》记载："城中内外经济之人，每至九月间，买牛装车，
往西山窑头载取煤炭……日发煤数百，往来如织。"

民国时期的北京煤运驮队影像

从辽代开始，这里就已开始规模性开采，至清代发展到鼎盛，康熙帝曾说："京城百万军民炊爨均赖西山之煤。"

就这样，西山古道上的第一批常客，是以煤运为生的行脚马夫和他们的驮队。

牛角岭关城（北京市门头沟区）

在高峻曲折的山路上负重长途行走，骡子的耐力远远胜过矫健的马匹，在长达千余年的时光中，它们是西山古道绝对的主角。

因为每一匹骡子都紧跟着前一匹的足迹行走，日复一日，蹄铁在煤块与负重的双重重压之下，由于无数次的重叠踩踏，那些由整块岩石铺成的山路上，留下了一个个深达数厘米的足印，后人称之为——"蹄窝"。这些足印遍布在西山古道的每一处枢纽关节上，刻写着西山煤运路网自元代以来的兴衰。

伴随着毗邻的古道，深深的蹄窝，坚硬的石头在骡马队经年累月的踩踏之下，变成了烙在山道上的印章。

西山古道上的蹄窝

大寒岭

数千年来，西山古道上熙来攘往的，不仅有骡马、煤车、商贾，还有来自高原部落的彪悍铁骑，他们一直在争夺对富饶的华北大平原的控制权。

因此，西山古道除了负载着运输功能，还成了一道天然的行政分界岭。

大寒岭，古称大汉岭，据说曾是匈奴与汉朝的界山之一。自元代起，这里就设立巡检司，成为宛平郡属下的分区之界，至今也仍然是门头沟区斋堂镇和大台镇的分界线。大寒岭不仅是历代沿革的行政界线，同时也成了一条文化边界。以此为界，东、西两麓的民俗生活、语言、饮食，可谓大相径庭。

用"花帽子"做摊黄儿

　　"我们家有一只小黑牛，腆着肚儿，抹着油儿，这个谜语就是'花帽子'。"

　　"花帽子" 是斋堂川的传家宝，用花帽子制作的美食——摊黄儿更是斋堂川的代表美食。

　　六十八岁的谭天花，她的家就在109国道的路边，西距百花山只有十八公里路程。作为地道的斋堂人，她对摊黄儿在本地的独特吃法颇有研究。

吃摊黄儿

　　"摊黄儿的吃法每个地方都不一样，从大寒岭往北到张家口，它这个吃法是，在黄儿里边卷上菜，卷起来吃；大寒岭往南到天津，它是，饭是饭，菜是菜。"

谭天花

1989年谭天花刚开饭店的时候，来此地方旅游的人还很少，最主要的食客是从山西拉煤的商人和司机，但十几年来，凭着一手好厨艺和旅游人数的增多，她把自家经营的小饭馆做成了斋堂川乃至门头沟区无人不知的特色餐馆。

109国道，也叫京拉路，连接山西，直到拉萨。昔日的骡马、商队、脚夫，早已湮没在历史长河里，但千年古道的基因，还依然收藏在今天人们的生活中。

在斋堂川，"缘分饼"是传统喜宴上的一道必不可少的吃食。由男女双方家庭共同制作完成，男方家庭出面粉，女方家庭制作，大量放盐，咸味厚重，象征着"盐"（缘）分深远。而这多盐、口重的习俗，确实与京西古道有着密切的关联。在长途运输靠骡马、短途行脚靠背夫的年代，多盐、不易坏、便于携带的食品必然成为主流。

制作缘分饼

在西山大道的中路，有一个远近驰名的村子：韭园。韭园的名气，来自这里出产的酱菜。一直沿用古法制作的韭园酱菜，不仅对蔬菜的选择严格，在腌制的时令上也十分讲究，至今还在坚持全过程的全手工。鲜香、脆口、浓醇，这味道百年未曾改变。

这穿越百年不曾改变的滋味儿，连接着城市与山村，也连接着今天与过往。

韭园村（北京市门头沟区）

韭菜酱菜

位于门头沟王平镇的石佛岭古道，密集的蹄窝从这里穿过，站在陡峭的崖壁上，俯视不过百米的距离中，流淌万年的永定河故道，纵横千年的古商道，百年历史的京张铁路京门支线，与今天的109国道并驾齐驱。

京西古道，并不是以一条道路作为核心，而是一个由大大小小数百条交织在大西山腹地的山路共同构成的道路体系。

最初，古代先人沿着山脉间的河谷低地行走，避开凶险的激流沟壑，以求生存。继而，人工开凿的石径小道，逐渐勾连起巍峨耸立的太行山隔断的两麓。游牧民族、渔猎民族和农耕民族，从这条道路上走向交融，接近繁盛。

南窖村村口的老槐树，据说已经超过千岁，它是这条商道上最有资历的看客。明、清两代到民国时期，南窖商业的繁荣一度超过了房山县。

石佛岭古道

　　这里是京西古道的重要分支，向西北可以一直连接到蒙古国。除了煤炭运输之外，这里还是来自山西、内蒙古皮货特产与内地食品百货的交易市场，最早京南一带最大的百货店、盐号、布匹皮货、药材店、食品店、首饰店、铁匠铺，二十多家颇具规模的商号都集中在这条不足四千米长的商业街上。

　　今天，街巷的轮廓依然清晰完整，当年的繁华喧嚣自然已经不在。坐落在老街自西向东的过街楼入口，那是被称为"仁义局"的娘娘庙，早年间的商队，在南窑集散交易，进村前一定要拜请四方神祇以求护佑。

　　隔着已经干涸的河床，与过街楼和娘娘庙遥遥相望的是一个曾经颇具规模的戏楼。现在，只存零落的框架、残旧的壁画，但是在曾经的几百年间，它是这个旱码头风光无限、地位荣耀的象征。

— 　南窑村旧景（北京市门头沟区）

— 　娘娘庙遗迹

交通的畅达不仅带来了商业的繁荣，更带来文化的昌明与心态的开放。在峰岭相连的大西山，伴随着光阴的行走，这里似乎形成了一套自成一体的哲学体系，来自远古和来自远方的各路凡人与神仙，似乎都能够在这里得以安居，得以自在。

近一百年前，一个名叫**西德尼·戴维·甘博**的美国人，用他的摄影机记录下当时盛况空前的妙峰山香会，这些异常生动的记录，在今天的观者看来，感受到的是实实在在的震撼。

西德尼·戴维·甘博： Sidney David Gamble（1890—1968），美国社会经济学家、摄影家，曾多次在中国各地考察，用镜头记录下了许多珍贵的中国早期的景象，他的学术著作和摄影作品都体现了十分敏锐的历史眼光，在其逝世后，其作品曾多次被用来举办展览，是留给今人的一笔宝贵财产。

甘博镜头下的妙峰山香会（拍摄于1924年）

在西山古道中，有一类极其特殊而又极其重要的道路——香道，特指人们进香朝圣的道路。妙峰山香道绵延覆盖，远到河北、天津，近至西山脚下的门头沟、房山、海淀、石景山。

在清末的鼎盛时期，每年的四月初八到十五，行香走会的信众每天可多达十万余人。在虔诚的香客心中，能够以自己的苦行、善行完成一次朝圣，心中的幸福感是无可比拟的。

妙峰山香道

　　其中，最为普遍的一种"善行"的方式就是尽己所能地为他人提供帮助，这样的义工，以"会"的形式组织起来，"茶棚老会""馒头老会""点灯老会"……职责明确、章法严格、代代相传、绵延百年，他们相信这样的善行，不仅可以让众神欢喜，也能够为自己带来长久的平安、吉祥。

妙峰山香会（2016年农历四月初八）

　　道路，为大西山子民的生活带来了绵长蓬勃的生机，也让他们有了开阔的眼界、敞亮的内心。他们懂得尊重，尊重一切，与一切和平相处。他们接受恒常，也乐于改变。

妙峰山香会（2016年农历四月初八）

　　旧时，北京阜成门的城门上是以石刻的梅花代表着"煤门"，标志着这座城门是走煤车的。

　　这门，也是西山道路进京的终点。

北京阜成门城楼

　　今天，从阜成门桥出发，沿阜石路向西行驶二十公里，即可抵达门头沟区的 三家店镇，这里是千年来，大西山的木材、煤炭、石材沿永定河峡谷，运出山区后集散的第一站，也是西山脚下路网、桥梁、河道的总汇枢纽，被称为北京道路状况最复杂最密集的坐标之一。

　　从古代的渡口，到北京第一座铁路桥，从古道路网到现代工业运输大动脉，当历史的车轮驶入 19 世纪最后的时刻，西山大道迎来了属于自己的现代时光。

三家店镇（北京市门头沟区）

　　20世纪初，在永定河峡谷的山道上，走来了一位步履坚定的工程师，他反复勘察、几经论证，确定从这里穿过永定河峡谷直达沙城将是一条绝佳的铁路干线。

京张铁路最初方案规划效果图

　　这位工程师就是詹天佑，他奉清政府之命，要寻找一条连接北京与塞外的铁路位置。然而，在经过预算规划和工程难度的比对之后，这条线路因为施工复杂、耗资巨大而被詹天佑放弃了。最终，他把目光投向了东北方向、大西山最北端的一道著名的沟壑。

詹天佑：（1861—1919），12岁时跟随中国留学第一人容闳赴美留学，后考入耶鲁大学土木工程系，被誉为中国首位铁路总工程师。负责修建了京张铁路等工程，创设"竖井开凿法"和"人"字形线路，震惊中外，享有"中国铁路之父""中国近代工程之父"之美誉。

詹天佑

青龙桥火车站（北京市延庆区）

1905 年，中国的太行山与燕山的断裂带上、古称"太行八陉"的第一陉——军都陉，一条令西方震惊的现代化铁路，在时任京张铁路局总工程师的詹天佑主持下，正式开工。

四年后，这条由中国人独立设计、投资、施工的国有铁路干线完美亮相在世人面前，终结了中华大地骡马运、人肩扛运输的历史。而且，詹天佑精巧智慧的"人"字形轨道设计，解决了火车在三十三度坡道上行的难题，令百年前落后贫弱的中国在世界铁路史上竟然占有了一席之地，以此也就拉开了中国现代道路运输史的大幕。

1909年，詹天佑（前排右三）验收京张铁路留影

京张铁路倾尽詹天佑一生心血，在铁路贯通使用仅仅三年之后，詹公即与世长辞。1922年，詹天佑的等身铜像被世人矗立在他毕生挚爱的青龙桥"人"字形轨道旁，见证百年中国铁路的风云过往。

詹天佑的等身铜像

　　相隔近半个世纪后的 1952 年，当年被詹天佑忍痛放弃的京张铁路第一方案，重新进入到新中国铁路建设的设计蓝图之中。

　　丰沙线，南起北京丰台火车站，北至河北沙城县，全程一百零六公里，蜿蜒于永定河的高山深谷，双向隧道共计一百三十二个，迂回曲折，桥梁众多。

丰沙铁路7号桥（北京市门头沟区）

丰沙铁路7号桥（北京市门头沟区）

1955 年投入使用后，因其强大的运输能力成为晋煤外运的主要通道，也成为新中国最繁忙的铁路之一。然而，鲜为人知的是，因为西山艰险，一百公里的铁路建设，付出的是百余位铁建工人的生命，一公里倒下一位勇士，这样的牺牲筑就着中华人民共和国道路建设史上不倒的丰碑。

这里，是京石高铁的铁路线；这里，也是侯仁之先生在 1942 年著述的《北平历史地理》中所说的，太行山南麓五千年古代大道的故道。

　　而今，飞驰而过的高速行驶的列车身影，已经是这里最平常的
动态画面。

　　卢沟桥头，伫立于当年浑河最大的渡口，这里是马可·波罗自
西而来初登东方大国彼岸的地方，永定河水千年不息，此刻，涌动
着的是属于今天、属于此刻的脉搏。

　　道路有形，纵横蜿蜒，是血脉、是经络；道路无形，浩渺起伏，
是魂魄、是精神。

　　道路通达，接古今，通南北，足迹绵延，往者去，去者还。

　　西山有道，望得见繁华，载得起心愿；西山有道，开不尽的路途，
行不完的永远。

导演手记：

问心之道

/ 第十集《问道》分集导演　朱晓梅

缘　起

2015 年 2 月 20 日，羊年春节的大年初二，一场春雪不期而至，顷刻间笼罩京城。

那一天，是我进入《大西山》剧组后的第一次开机。

原定内容是为《问道》一集拍摄石景山的民间花会。在老北京的锣鼓点儿中，眼看着雪花迅速密集。难得一见的新春瑞雪，催促我们临时改变了行程。兵分两路，杨晓春导演带队奔向潭柘寺，而我则和总摄影李力老师来到了八大处灵光寺。

那一天，寺院内祈福的莲花灯汪洋成海，缭绕的香火静谧安详。

李力老师在拍绕塔的人群，我站在他身后，看着佛牙舍利塔的入口处镌刻的"缘起"二字，心想，这会是一部什么样的片子呢？我不知道。但是，这个"缘起"，真的非常好。

问 道

此后，我们开启了漫长的持久战模式。从最初《家源》《问道》这两集，到中途增加的《园说》，一共 3 集、90 分钟成片量、60% 的素材使用 4K 拍摄、近 2/3 的镜头是在北京远山区取景。这个基础配置，就决定了前期拍摄的时长周期、体能强度、奔徙里程累积起来一定是个大数字。

剪辑师正在机房剪辑《大西山》的宣传片

摄制组在百花山顶拍摄日出

其中，《问道》这一集的工作量可能是最大的，因为西山古道本身就以奇险著称，大部分又都已湮没废弃，无数个坐标点，必须有向导带路才能抵达，所有的重型设备只有靠人背手提才能运到拍摄点。感谢京西古道专家安全山老师，带着我们四处勘察那些遍布蹄窝的巨石，寻找隐匿在群山中的秘密，让我们最终的镜头呈现得以完美。

幸运的是，我们在脚本创作时，最终增加了现代铁路这一内容。因此，我们得以在长城脚下的青龙桥火车站，记录下百年沧桑的京张铁路；得以在穿行永定河峡谷的丰沙线上，记录下令人感慨万千的历史的回声；得以在卢沟桥桥头，记录下飞驰而过的晚霞与高铁——这是一段心路，一路走来，可堪回味。

四十不坏

　　我记得在那段马不停蹄的拍摄中，我觉得似乎已经把这辈子所有的日出、所有的晚霞、所有的红叶……都看够了。因为李力老师还要兼顾公共镜头组的拍摄，我们也就乐得合并，很多日后《大西山》的经典镜头都诞生在这个阶段。在那些高山，在那些清晨，在那些傍晚，在那些有星光的长夜，我们记录下了大西山无数美丽的瞬间。

摄制组在门头沟风沙线拍摄铁路桥及火车

　　记得 2015 年的秋天，一位朋友在看到我的微信朋友圈之后，曾经送了我四个字——"四十不坏"。

　　我深引以为知己。

　　是的，在接拍《大西山》之前，我已经很久没有为一部片子殚精竭虑了。我似乎忘记了，在我职业生涯的起点，我的初心是什么。大学毕业之初，依心而行的年纪，我只想行走天涯，记录自然和见闻，把自己的所思所想通过片子分享给别人。那时候的手法简单、设备简陋，但是，道法自然，我们在其中得以完成职业生涯最初的

摄制组在拍摄京西古道上的蹄窝

成长。

那是一个美好的时代。

《大西山》对我个人而言，是一个回归。在 40 岁的时候，找回了本初的自己。仅仅是经历了短暂的忐忑之后，就变得万般自然了。原来，我仍然可以。我仍然可以翻山越岭，可以长途奔徙，可以不舍昼夜，可以为一个画面投入无限专注和心力，可以获得单纯的喜悦与满足。

我们几位分集导演，都有共同的体会，大西山的历练颠覆了我

们对于北京的地理观和历史观,让我们更能理解这座城市的生命气质。但在暗地里,我总是认为,我自己可能是得到最多的一个。真心感谢淳华总导演当初的选择,记得她三番两次地动员我加入拍摄时曾说:"一定要自己做点什么,不能脱离一线的创作太久啊!"——是的,如果没有当时的心念一动,哪有后来的畅快淋漓?

当然,在这个漫长的制作过程中,不可能缺少纠结和焦虑,以及很多的遗憾。此处省略一万字。

摄制组在门头沟三家店拍摄铁路公路桥及三家店水库

摄制组在妙峰山古香道上搬运摇臂

　　然而，现在是 2016 年的 12 月 1 日，距离下一个春节不到两个月了。站在这个时间坐标上，我真心放下了所有遗憾和纠结，我只为《大西山》感到高兴。它被很多人的心血打磨过，它和很多人的一段生命时光融为一体了，永远没有人能将他们剥离。

1部纪录片=3部院线电影?
——情景再现导演车径行

接到王淳华导演的电话,她正在拍摄大型人文历史纪录片《大西山》,邀我为这部纪录片拍摄"再现"。王淳华导演是我的挚友,在艺术上精益求精、颇有追求。

在时间紧、经费少的条件下,我搭建了从事电影、电视剧创作以来最为优质、高效、精简的班底。提出了用"史"搭骨架、用"真"做脊髓、用"情"填血肉、用"美"当血液、用"理"塑灵魂的美学风格和"大事不虚,小事不拘"的拍摄理念。

《大西山》再现内容上下五千年,可谓无所不包。涉及中国历史上11位皇帝、7位大德高僧、4位外国友人和众多历史文化名人。在数千年的历史长河中,昭示着对国家的支撑、对文化的延续、对历史的变迁,形成了生生不息、时代延绵的中华文明进程的精神内涵。

《大西山》的再现部分,不是简单的再现,而是历史文化的提升。它精益求精、一丝不苟,融情怀、情感、情操、情意与情趣于一体。既有历史的凝重感,又有艺术的写意趣。拍摄的难度可想而知,摄制组常常需要冒着零下10摄氏度的低温,工作20小时左右,其难

《大西山》情景再现的拍摄现场，摄制组在怀柔影视城拍摄，
左三为导演车径行，他正在指导群众演员如何表演

度相当于拍摄 3 部院线电影。因为其典型环境中的典型人物都是真
实存在、不容虚构的，且年代跨越幅度之大、人物本身经历之多都
是电影、电视剧难以企及的。我们采取实景拍摄、搭景拍摄与景区
拍摄相结合的手法，成功地解决了拍摄上的很多难题。

　　用电影的语境拍摄纪录片的再现内容，在中国纪录片史上可能
是个创举。这是一次有益的探索和尝试，它无疑是成功的。

　　感谢王淳华总导演和各位分集导演的支持、信任与理解。

情怀+视野+责任感+匠心

——特效总监赵新生

《大西山》后期特效制作时间跨度将近 3 年，总制作时间长达 1 年，30 分钟一集的片子里特效时长就达 10 多分钟。这是我近 20 多年来经历过的特效制作周期最长的一部作品。1000 多天，各工种团队在创作中磨合、推敲与坚持，对于我来说也是第一次。这部作品最让我深有感触的就是情怀、视野、责任感和匠心。

为什么这么说呢？

首先得益于王淳华总导演对作品极高的追求和情怀。不论之前我们合作过的《人民的艺术》《红楼梦中人》等多部作品，还是这次的《大西山》，王导对待每一部"淳华"印记的作品都力求从调研、内容、后期等各个方面把作品制作得更加精细、完美 。在这个影视快餐化的时代，耐得住寂寞，不盲从，一切从自己内心出发，追求完美"作品"的导演并不多，更何况自己补贴开支的导演就更不多了，她对"好"的坚持和"精"的理想在这个行业里是不可多得的。这么多年合作下来，她也非常信得过我们的团队。

其次是身经百战的分集导演们的视野。多年的节目制作经验，让他们站在了更加宏观、立体的高度去把握《大西山》每一集的主

摄制组正在对《大西山》进行特效拍摄，右一为特效总监赵新生

题和镜头。这种视野是多年来的经验积累和文化积淀构成的。比如，大家会注意到《烽烟》这一集整体气氛凝重、肃杀，空气里时常弥漫着滚滚狼烟。《文脉》这一集的整体气氛和色调则突出强调了"灵动"的感觉。

再次是摄像团队的责任感。他们把精益求精的高标准全程灌输到了《大西山》的拍摄中。李力、姜力、毕尔老师都是摄像行业的精英，更可贵的是他们的责任感，比年轻人还能吃苦，为了拍摄一个镜头，登高爬低，上冰山钻树洞，采录珍贵的、视角独特的画面。要知道逐格拍摄，4K拍摄使用的设备不但重而且多，每次出去一个摄像要扛好几套器材，在大西山的密林里穿行，山脊上翻越，相当辛苦。

　　最后，是我们后期团队的匠心。在《大西山》的制作上，我们的团队投入了特种拍摄、DIT、特效、调色和后期制作等多个项目组，由黄锐作为特效导演协调各个工种，充分发扬了匠心精神，制作好每一个特效镜头，每一帧唯美画面。在拿到由 RED ONE、索尼、佳能、尼康等不同设备拍摄的不同格式的视频素材以后，郭豪珺的 DIT 团队将大量原始视频素材在机房里重新整理、转码，包装特效团队再根据分集导演的要求用心包装、剪辑、合成、校色……这两年里，我们经常看到刘睿、冯中锋、莫盼盼等特技人员反复研究镜头，张墨一后期剪辑团队陪同导演一遍遍修改，李红国废寝忘食地校色，吴波专注地制作了数十版宣传片……正是每一个创作者这种坚守的匠心精神，才有了《大西山》唯美视觉呈现的结果！

　　总之，正是凭借王淳华总导演的情怀，分集导演的视野，摄像团队的责任感，后期团队的匠心，才诞生了观众们看到的《大西山》。

　　就像黄锐分享的那样，《大西山》巧妙地运用了 80 余幅绘画，把历史上的重要场景艺术地再现了出来。画面中栩栩如生的人物或在田间劳作，或在山道运输，惟妙惟肖，震撼了观众。对于后期特效制作来讲，把静态的水彩画制作成二维动画，难点不在于技术，而在于必须按照史实重新在电脑里绘制动画的各个元素。因此，特效团队需要查找相关的历史资料，包括文字、图片、绘画、壁画、各个朝代的生活生产用具。要还原特定历史时期的场景，工程量非常巨大，导演、专家、后期团队要不断地开会论证。

　　为了配合导演的意图，画分镜的团队需要先画出效果图，再邀请导演、专家和后期团队开会讨论研究画中各个元素的特点。之后

摄制组在怀柔影视城拍摄情景再现的画面，摄影师正在调整摄像机

交给动画小组分层绘制。在保证不脱离水彩画的风格基础上合成输
出动画。最忙碌的时候，包括三维动画团队、二维动画团队、合成
团队在内的三个后期团队同时在工作。

此外，根据解说词所要表达的意境，部分动画必须制作多个分

镜头，才能确保观众看懂。这些不是靠天马行空的创意和想象就可以完成的。《大西山》涉及后期制作工种中的摄像、剪辑、包装、特效、调色、舞美等众多工种，4K拍摄2K制作，使画质达到了电影级，从而带给观众非常棒的视觉冲击。通过航拍，给观众呈现了大西山多维的观赏角度。逐格摄影，使日出日落和星轨在片中得到了奇妙的呈现。观众在欣赏到这些精致画面的背后，是特效团队付出了超长的时间成本、发挥了奇妙的创意、尊重了历史的史实、坚守了团队做精品的初衷。

《大西山》播出圆满落幕，后续作为资料它将在影像学上发挥更广泛的作用。《大西山》曲终，但人未散，核心团队在王淳华总导演的带领下又开始谋划下一部纪录片。

对于制作部门而言，除了当作项目、任务，很好地完成节目的制作要求以外，更多考虑的是参与节目的兴趣与项目本身的意义，提高技术水平，提高创新意识，以工匠精神打造精品，与导演合作做好每一个环节，这是我们的目标。

音乐闪烁《大西山》人文光辉

——音乐总监杨一博

《大西山》音乐总监杨一博

　　《大西山》是一部反映北京西山自然地理和人文风物的纪录片，也是北京人文历史的一个缩影、一种发现。我很荣幸能为这部纪录片创作音乐，在创作中与北京、与西山、与人文邂逅。

　　我觉得通过纪录片来呈现一段过往，可以更好地与我们今天的现实对比，可以更实际地去触摸那段曾经发生在这片土地却又未曾经历的故事。尤其是西山对于北京文化发展的重要性，更有其不可替代的作用。所以，我在音乐创作中也更多地考虑了西山和北京的关系，尽量让自己站在一个更高的层面上用音乐来表达我内心深处对大西山的理解、思索和畅想。

我在看《大西山》的初剪片时，真的被西山深厚的人文底蕴震撼到了。我是东北人，但我在北京待的时间真的不算短，从中国音乐学院附中算起，到现在有差不多20年了，之前也去过西山一带，但除了知道西山有个黄叶村，有佛寺以及一些皇家宫殿，并不知道西山与北京有着千丝万缕的关系。

通过这部片子，我可以说是重新认识了西山，也重新认识了北京。宗教文化、皇家文化、龙脉文化、山水文化的交融，以及军事上的作用、历史的启承等构筑成的西山，着实让人很震撼。

在我看来，《大西山》这部片子反映出来的是一种文化的碰撞。北京在地理位置上处在中原的北边，和中原文化有比较大的差异。北京文化更多受到了来自北方的游牧民族和东北文化的影响，但同时也极大地融合了江南文化，这本身就是一种大碰撞。

一是元代时定都在北京，元朝的统治者们带来了游牧民族文化；二是到了明代，朱棣把首都从南京迁到北京，我认为这是北京第一次大规模地融合南北文化，尤其是江南文化和北京本土文化的碰撞；三是到了清代，清朝的统治者来自白山黑水的东北地区，这又是一次巨大的碰撞。

尤其北京从元代以来，长期作为中国的首都，本身就有全国各种文化的交融、碰撞，在这种交融、碰撞中才逐渐形成了今天我们看到的北京文化。

其实这是一种很有趣的文化现象，充满了戏剧性。所以，我在音乐中也特别想表现这种碰撞和戏剧感，让观众在看片子的时候能从音乐中感受这种文化碰撞的力量。

在音乐的创作中，我力求表现音乐的宽度和张力，整体上是用东方式的旋律和西方管弦乐思维的配合，并糅合了很多当代电子音乐的元素，营造出历史的厚重、文化的碰撞、人性的思索、时空的穿越和古今的变迁，表现历史演进的过程，用音乐语言来表达画面、表达情绪和思想。

比如片头音乐，我用了带有宗教色彩的、圣咏一般的块状和弦进行，既有一种恢宏的气度也是一种无限的赞美，在和声上我也用得很特别，打破了我们的一些常规手法。乍听起来这个旋律感似乎很熟，但仔细听好像又不一样。片头音乐把西山文化带的历史厚重感、文化戏剧性、画面的穿越感都营造了出来。

《大西山》的配乐，包括片头一共创作了十几段主题音乐，对于一部10集纪录片来说算是比较多的，但数量在这里也是恰到好处的，

《大西山》主题音乐录音棚录制现场

《大西山》主题音乐作曲杨一博

通过这十几段音乐和其衍生出的各种变奏发展，其实也勾连起了这一段段的历史变迁，表达了我们人性深处的各种情绪。

我看完《大西山》样片后跟总导演王淳华老师反复沟通，最后我整理出来了一些关键词，包括追忆、思索、愉悦、探寻、战争、现代城市、陵寝、皇家星空、静谧空灵、现代化情调、沙龙洋人聚会、积极明亮、叙事略显忧伤、绿色舒缓、清新淡雅、优雅等，然后我再以这些关键词为根，根据每一个主题和片子的气质、情绪需要进行创作，从而完善音乐的情绪需求和功能需求。

其实，我也想给大家铺展出一幅幅用音乐语汇表达的《大西山》。

比如《追忆》这段音乐，是我有意向我的恩师赵季平先生致敬。

我在这段一分多钟的音乐中用了很多"京味"的元素，旋律和音响都很婉约、淡雅，通过一些不同的乐队编配手法营造出不同的气质。

而《思索》则完全用的是"洋化"的心情来写的，我选择了大提琴作为主奏乐器，表现出古人在排山前行、不断思索，而在思索中突然"柳暗花明又一村"的感觉。音乐在无限温暖中又带有一点厚重的感觉，跟《追忆》相比，这段音乐显得更洋气，现代的味道也更浓郁一些。

《愉悦》这一段我用了西皮二黄和京味的快板，展现民俗的元素，通过各种乐器的穿插，表现出内心深处的愉悦。

在这部纪录片音乐中，我个人比较得意的是《探寻》这个乐段。我用了色彩交替的办法，通过管弦乐队配合电子声效和人声，把神秘、追寻、探索、疑问等气质都营造了出来，就像一个无穷洞一样，不停地转。音乐旋律的走向充满东方色彩，除了有一种探寻的精神，其实还是一种心灵的呼唤，可以说也是我个人在音乐上的一种探寻，我试图用音乐来表现出我们中国文化中的"生生不息"。

《战争》这一段音乐，我用交响乐队和电子音乐的手法，把战争的紧迫感和历史滚滚大潮的推动感营造出来。

在这部纪录片音乐中，要说比较独特的一段，我觉得是《皇家星空》。这部纪录片是《大西山》，是北京的大西山，与大西山最密不可分的我觉得就是皇家文化、龙脉文化。但这种文化又是最捉摸不透的，我们谁也没有这种生活的体验。只能通过想象，通过今天我们看到的遗迹去感受。而这段文化还偏偏是这部片子的特点之一。因此我用了"白键"和弦的进行方式，整个乐段钟管齐鸣，把皇家

《大西山》主题音乐录音棚录制现场的调音台

的华贵、典雅、大气和质感营造出来，体现出北京、西山独有的气质，表现出皇家文化的一个鲜明段落。

我觉得写纪录片音乐也很考验音乐创作者的综合素养，尤其是《大西山》这样的历史人文纪录片，片子里有很多情景再现。因为我们不可能回到过去回到几百年前拍摄，今天我们看到的景致也与过去有很大的变化。但是纪录片又必须是真实的反映，这其实是一个矛盾，所以只能通过情景再现来表达。

从某种意义上来讲，作为纪录片的音乐也要有这样一个功能，能够实现这种情景再现——心灵的情景再现。用我们今天的手段去再现过去的情景，我觉得这本身就是一种历史的穿越，是一种今天和过去的对话，同时也是一种创造。所以，我在这部纪录片音乐的创作中，着实费了不少心思。

　　说实话，创作完这部纪录片的音乐，我有一种解脱感，但同时更有一种收获感。我觉得这是我音乐创作上的一个节点，通过这部纪录片音乐的创作，让我重新认识了北京，重新认识了北京文化，也重新感悟了《大西山》。

　　王导他们用镜头呈现了一个悠远的历史人文的《大西山》，我用音乐讲述了一个有着人性光辉的《大西山》。

　　这是一个文化的缩影，也是一个文化的起点；这是一个音乐的探寻，也是一种音乐的思潮。其实，这也是我这么多年来，从一个东北人到一个新北京人的演变，更是我心中的《大西山》！

在问答和眷恋中登一座山

——对话《大西山》总导演王淳华和总撰稿乔卫

《大西山》总导演王淳华

我跟乔卫合作多年，作品样态横跨纪录片、晚会、大型活动和城市形象整体营销，等等。我们作品的符号感很强，能高瞻远瞩，也能明察秋毫，有艺术家的任性和自由，也有媒体人的收敛和自控。整体风格唯美，优雅，有观点，有态度。

——《大西山》
总导演王淳华

问：《大西山》和你们以往参与创作的纪录片有什么不同？

王淳华：《大西山》是一个太过博大的时间和空间的概念和所在，我们身在其中，心有感知，但也许想要深入其中是一件几乎不可能完成的任务，但正因为这种艰难让我情愿做一次也许自不量力但笃定诚恳的学习和询问。

问：如何理解《大西山》在学术建设上的价值？

王淳华：希望从文化学和人类学的角度对西山文化进行一次定位和纵览，将历史演进与社会变革中的西山文化的特殊性、丰富性用视听语言进行主题化的系统呈现，政治经济学、文化比较、新历史主义的理论等都将作为提炼与总结的方法论。

《大西山》大主题音乐录音棚录制现场，右一为总导演王淳华，右二为杨一博

问：你们说过试图从《大西山》中解读"文化关系"？

王淳华：文化工作者应该发现纷繁复杂的文化表象之下的"结构"，西山文化是一种具象的、变化的、多元的、多解的概念，纪录片《大西山》力求诠释在大西山这一特殊的历史文化场域中社会、文化与个人之间的关系。

时间与空间、地理与人文、个体与集体、中国与世界，都是我们试图探寻的种种关系。

问：《大西山》对于文化传承的意义是什么？

乔卫："西山文化圈"或者说"西山文化区"的概念包含物质文化和精神文化，相同的文化要素或文化特质构成了相同的文化圈，若干文化圈及其组合流变的历史就是文化的历史。博厄斯认为，"一切文化现象都是历史发展的结果"，"任何一个民族的文化只能理解为历史的产物，其特性决定于各民族的社会环境和地理环境，也决定于这个民

《大西山》总撰稿人乔卫

摄制组在怀柔影视城拍摄冰心婚礼

族如何发展自己的文化材料，无论这种文化是外来的还是本民族自己制造的"。

问： 如何看待《大西山》引发的关注和热议？

乔卫： 当文化与时代让我们需要思考从哪里来，到哪里去这个命题的时候，人们必然会以各种方式回头望、向前看，从内探、往远观。因此，《大西山》受到关注并不令人意外，我们需要的是有更多的有序思考、有效观看。

问： 回顾《大西山》，是否有遗憾？

王淳华： 当然。很多。面对错误，我们必须反省并更改，面对遗憾，我们将其视作还有进步的起点。痛恨错误，感谢遗憾。

问：从《百花》《人民的艺术》到《大西山》，请问乔卫老师您和王淳华总导演的合作一直延续，你如何概括这种合作？

乔卫：合作的起点也许始于偶发，携手的持续一定基于必然。王淳华总导演身为戏剧导演的空间感、知识分子的思考力、艺术作者的想象力，性格中的柔韧与性情中的包容，让我将其视作珍贵的合作者。

问：作为纪录片的《大西山》是否会一直延续下去？

王淳华：是否有续集这个问题我们目前回答不了。当我们必须尊重自己所生存依托的文化基础和文化未来，2016 年面世的《大西山》应该具有强烈的当下感和开放性，互联网的无疆界、平权及信息关联应该成为这部片子构思的特点，《大西山》的目标应该成为标本，在一个中国文化复兴和全球化的背景下，在互联网思维的参与下，我们应该建立一种包容的、科学的、动态的表达逻辑，表达的参照性适应或接近国际化、现代化、时代性。

怀柔影视城周边一处荒地，摄制组在准备拍摄工作

王淳华：用光影镌刻新中国文艺年轮，绘制北京文化的"清明上河图"

北京西部连绵不绝，错落有致的山群，统称为西山。诗人徐志摩曾赞美西山的景致："北京的灵性，全在西山那一抹晚霞。"足可折射多位名家把西山作为居住之所的缘故。这座护佑着北京城的西山，首次以影像的方式呈现在荧屏上，就是王淳华任总导演的 10 集人文历史纪录片《大西山》。

《大西山》于 2016 年 12 月 5 日在北京卫视首播，它给了观众一个了解西山灿烂文化的机会，也让人们意识到北京这座城市与大西山之间有着血脉上割不断的跨越千年的联系。拍摄《大西山》前后共消耗了 3 年的时间，王淳华身兼此片的总导演和总制片人，从前期筹划到实际拍摄再到后期的剪辑和播出，她一直战斗在第一线，用全部心血浇灌作品。

山佑京城：追寻历史的足迹

关于为什么选择"西山"作为拍摄题材，导演王淳华由衷地感叹道:"大西山的文化资源是可以做一辈子的。"的确,北京有很多闻名世界的名胜古迹,西山也算不上名山,既没有泰山之尊,也没有华山之险。但是,西山对于北京这座城市而言,却有着独特的意义。西山是太行山的一条支脉,从西方遥遥拱卫着北京城,古人称之为"神京右臂"。它不仅是一座自然之山,更是一座饱含着人文历史精华的山脉。从北京作为都城开始,西山便不可避免地与中国的命运紧紧相连。"选择西山作为讲述北京人文历史的载体,在于西山的历史之大,人物之大,故事之大"。

《大西山》的内容涉及山水、物产、军事、陵寝、园林、宗教、民俗、工业、经济、社会等诸多层面,分布在名为《缘起》《基石》《香火》《烽烟》《园说》《文脉》《魂归》《融流》《家源》《问道》的10集正片中。

在谈到创作团队为了《大西山》所付出的辛苦和努力时,导演王淳华颇为感慨,为了能够更好地感受这座山的文化底蕴以及挖掘与之相关的拍摄资源,她带着整个团队走遍了西山,繁苦不足为外人道。

西山林海苍茫、四时俱胜,数百年来,有无数文人墨客为它四时的景色所倾倒,游赏其间,乐不知返,留下了许多宝贵的文化资源。关于西山的历史,人们最津津乐道的大约是自金元以来历朝历代在这里大兴土木建造的各种皇家行宫、苑囿、别墅、寺庙,其中最享有盛名的当属清代康乾盛世时营建的"三山五园","三山"指香山、万寿山、玉泉山,"五园"除了建于"三山"之上的静宜园、清漪园(今颐和园)、静明园,还有附近的畅春园和圆明园。这些内容在《大西山》的《园说》一集都有非常详尽的阐释。

《大西山》在"情景再现"上下了"血本"，思路上也别有匠心：不追求戏剧性，而是用写意风格让触不到的历史更加清晰可感。王淳华坚持不讨巧的创作原则，对待历史有着严谨的态度，尽最大的努力在故事原发地拍摄，因此转场次数也就非常多，这对导演本人和整个团队的体力和精力，都是巨大的挑战。

王淳华说，片中还插入了水彩画来辅助画面叙事。国画颜色有些单调，油画又太过沉重，水彩画则既有国画的飘逸气质，也有油画的凝重色彩，弥补了书面资料的不足。有些史事不适合情景再现，用绘画则形神兼备，又能起到留白的效果。以前的片子用音乐和影像勾连，这次用绘画来串起，最终形成了本片独有的艺术印记。

刚接到《大西山》的时候，王淳华并没想到这个项目会有这么大的难度，因为她原本就是经验丰富的纪录片导演，各种场面和状况都碰到过，接这个项目是出于业务的自信和对朋友的回报。到了项目的后期，她却发现自己越陷越深，既是制片人，也是总导演，需要统筹兼顾的事情太多，一度被压得喘不过气来。

作为总导演，她要在片子的质量把控和艺术表达上做到臻于完美；作为总制片人，她又需要面对繁多的事务性工作，此片的合作方来源多样，整个团队的人员构成也较为复杂，资金的筹措和支配也很有难度，来自四面八方的压力，给了王淳华很多的困惑。她笑谈自己的双重身份，犹如是"飞禽中当走兽，走兽中当飞禽"。

在面对"大西山"浩如烟海的历史资料时，王淳华发现，这个主题太庞大了，"《大西山》项目对于我们团队的每个人都是巨大的考验，以我们的知识结构、经验、经历，把控这样的宏大主题，难度不小"。但令人欣慰的是，《大西山》最终顺利播出，收获了观众和相关部门的好评。

《大西山》的意义不仅仅在于这是第一次以影像呈现出北京西山的面貌，更重要的是，它能够以艺术的方式渗透国家的文化战略，该片首次提出"大西山"的概念，推动了国家对大西山文化带、长城文化带和运河文化带三个文化带的探索和挖掘。项目对于恢复已经破败的文化景观、文物保护以及西山地区基础公共服务设施的建设等，都起到了一定的推动作用。

谈到拍摄《大西山》的感受，王淳华说，历史留给了西山太多的财富和资源，几百年来，帝王将相、权贵富贾、文人墨客的足迹、踪影，让西山有了丰厚的人文积淀，仿佛每一处山石、每一丛草木、每一条溪流背后都有动人的故事。大西山好像一位母亲，用丰饶的物产和深厚的文化哺育着北京这座城市。这部片子采用城与山对话的方式展开，就是为了让现如今生活在喧嚣都市中的人们，能够沉下心来回望自己祖先的历史，知道自己从哪里来，要到哪里去。

光影之隙：绘制文化的光谱

实际上，《大西山》在王淳华的导演生涯中只能算一个"异数"。本片偏于高冷的叙述风格是由其主题、使命和素材决定的，而王淳华更擅长于书写大的历史背景下的人物命运，在情感叙事和细节呈现上可谓得心应手。在过去的十多年间，她一直在文化纪录片这条道路上深耕，留下一串作品。

从 2005 年拍摄《世纪影人》，王淳华导演正式进入文化纪录片的创作。

《世纪影人》是 52 集大型人物系列片，通过大量首次发现的影像资料，以及当事人独家披露的幕后传奇，讲述了一批中国影坛的国宝级演员、导演、编剧的戏梦人生。此片选择人物的标准是：在百年电影史中，对电影发展做出重要贡献，取得突出艺术成就，并在观众心目中留有美好形象的电影人物，例如蔡楚生、上官云珠、周璇、赵丹、舒绣文、石辉、孙道临、黄宗江、张瑞芳、于洋等。

这部片子为我们留下了老一辈电影人的珍贵影像资料，在拍摄这部片子时，许多老电影人年至耄耋，因此《世纪影人》对于历史文化的抢救和打捞，重要性不言而喻。这部纪录片也让王淳华找到了时间、作品和人物之间的微妙艺术韵律，坚定了拍摄文化纪录片的信心。这部纪录片的解说词和采访精华集结成书后受到读者欢迎，这么多年过去了仍然因其史料的珍稀性而畅销。

2008 年，王淳华导演拍摄了 24 集音乐纪录片《岁月如歌》。该片并不是简单回顾中国的流行音乐史，而是将音乐当作生活变迁的背景，以人和音乐的关系为核心，展现改革开放 30 年的社会变化。王淳华导演选择歌声为切口来进入历史现场，串起了中国人的共同回忆。它也并非是单纯的编年体纪录片，而是融入了歌会、专家明星访谈和影像资料等元素，既有美学观赏价值，也有史料价值。

2009 年，王淳华执导的《百花》堪称新中国文化史诗，从影视、戏剧、音乐、文学、舞蹈各领域记录 60 年的文艺发展历程。《百花》

最吸引观众的就是片中大量珍贵的影像资料，以及对一些老艺术家音容笑貌的再现。片中选取各艺术门类中最有代表性的作品加以详细阐述：如第二集里撷取了中华人民共和国成立初期电影《桥》、话剧《龙须沟》、相声《维生素》等，并通过生活资料和嘉宾回述把它们巧妙地串联起来，再辅以旁白给出当时文艺界的整体风貌。60 年间，优秀作品浩如烟海，杰出人物灿若星辰，《百花》沉淀了最灿烂的篇章和最隐秘的心事，播出之后好评如潮。

2012 年，王淳华导演带领她的团队制作了 10 集大型人文纪录片《人民的艺术》，展现出北京人民艺术剧院 60 年的风雨沧桑。全片不但采用高清数字设备拍摄、3D 特效后期制作，还大胆探索戏剧化空间场景复原与穿越的效果。它以人艺经典剧目的舞美布景为基础，营造出特殊的采访空间，大到舞台小到化妆间，都是原汁原味的人艺实物。这就使得这部纪录片戏剧味道浓郁，形式和内容完美匹配。

人艺既是现实主义戏剧流派的集大成者，在话剧观众心目中占有崇高的地位，也是一座历经 60 年风雨、见证共和国沧桑的文化地标，《人民的艺术》展现了人艺戏剧的恢宏华美，也留存了一段多人口述的话剧信史。经此一役，王淳华的创作拼图臻于完整——电影、电视剧、音乐、戏剧，当代最流行也是最有影响力的文艺形式全部纳入了她的纪录片版图。

回顾王淳华十几年的文化纪录片之路，她已经形成了自己鲜明的艺术特色：时间纵向上，每一次出击都是对共和国文化史的梳理、抢救和打捞，在光影之间镌刻岁月的年轮；表现手法上，每一部都非常重视历史细节的再现，情感共鸣的生发，总能勾起观众泪流满面或者无限怅惘的回忆；作品梳理上，思想精深、艺术精湛、制作精良的作品尽数纳入视野，条分缕析，给出精确坐标。可以说，把王淳华打造的以上四部文化纪录片看了，共和国的文艺风云也就尽收眼底了。

而在完成了基于影视、音乐、戏剧的视听文化纪录片之后，王淳华又以《大西山》开启了历史、地理文化纪录片的征程。关于未来，她从不给自己设限，愿意尝试各种可能。中华五千年文明史，北京八百年建都史，有太多值得探索和挖掘的文化瑰宝。目前，她已经暂时把目光从京西的大山中抽离，移向京北蜿蜒曲折的长城文化和京东烟波迷离的运河文化。她希望在此后的导演生涯里，能完成"北京文化三部曲"，用纪录片绘制出通向北京悠远历史和山川地理的"清明上河图"。

（本文由作者李星文授权用于此书出版，有删改。）

《大西山》片头、片尾演职员表

一、《大西山》片头字幕

出 品 人： 李春良

总 策 划： 余俊生　王文光　陈名杰　彭利锋

　　　　　　赵佳琛　刘绍坚　杨立宪　王　珏

策　　划： 艾冬云　曹燕杰　常　蓉　孙士军

　　　　　　王铁峰　刘　学　凡　喆　乔晓鹏

总 监 制： 王　珏　艾冬云

监　　制： 张　庆　刘　民

总 导 演： 王淳华

文学顾问： 钟　华

总 撰 稿： 乔　卫

片头题字： 范　曾

作　　曲： 赵季平（顾问）　杨一博

摄影指导： 李　力

总制片人： 王淳华

二、分集片头字幕

第一集《缘起》：本集导演：刘　瑜

第二集《基石》：本集导演：卢晓南

第三集《香火》：本集导演：甄　梅

第四集《烽烟》：本集导演：杨晓春

第五集《园说》：本集导演：朱晓梅

第六集《文脉》：本集导演：卢晓南

第七集《魂归》：本集导演：谭　焱

第八集《融流》：本集导演：甄　梅

第九集《家源》：本集导演：朱晓梅

第十集《问道》：本集导演：朱晓梅

三、片尾演职员表

总 导 演：王淳华

分集导演：朱晓梅　卢晓南　甄　梅　刘　瑜　谭　焱　杨晓春

文史顾问：李建平　姚　安　高大伟　张宝秀　宋大川　张广林

　　　　　　谭烈飞　郭黛姮　岳升阳　李明新　侯秀丽　祁志群

　　　　　　赵永高　安全山　尹钧科　门学文　袁长平　关战修

　　　　　　杨亦武　官庆培　张文大　佟　洵　肖东发　肖　华

　　　　　　张永和　刘文江　潘惠楼　王　均　张双权

文学顾问：钟　华

总 撰 稿：乔　卫

分集撰稿：朱晓梅　甄　梅　卢晓南　刘　瑜
　　　　　谭　焱　杨晓春　李　想

摄影指导：李　力

摇臂摄影：姜　力　胡　斌　赵大旺

第一组摄影：李　力　邹春雷　王　涛　刘沅旻　史文龙

第二组摄影：毕　尔　王　莹　孟　克　张　斌　晁京辉
　　　　　　王健敏　杨钉文　张凤忠

第三组摄影：张　鹏　杨晓春　殷鹂鸣

第四组摄影：于跃波　杨晓春

第五组摄影：李　涵　朱学锋

第六组摄影：王　强　袁　帅　封　宇

第七组摄影：温家琛　李　里

航拍摄影：（A组）时英男　赵志安　张广浩　李　杨　陆博睭
　　　　　（B组）唐亚述　杨晓春　江　舸
　　　　　（C组）徐　昊　周　玮

轨道摄影：赵玉福

导演助理：孟凡豪　陈子川　王　腾　孙尚境　马霄霄
　　　　　王　凯　王　娜

摄影助理：梅　凯　路克石　徐同印　李　邲　王雪峰
　　　　　张国鲁　曹伟超　李　扬　裴百海　袁　帅
　　　　　谭　涛　郑　楠　许忠玉　鲁　勇　杨　光

现场录音：曹　睿　廖维兴

灯　　光：赵玉福　鲁军平　赵雪松　负创新

场　　工：刘振华　陈　帅　徐佳辉

司　　机：周建军　张振明

再现导演：车径行

执行导演：王　琰

美术指导：杨长志

摄影指导：熊小松

摄影助理：吴可铮

摄影助理：苏　泽

灯光指导：王金阳

造型指导：李龙光

化 妆 师：李　芸

梳　　妆：刑玉娟

服 装 师：王正星

服装助理：杨　敏

道具组长：赵东海

现场道具：程　森

道　　具：王泽朋　王俊杰　史振东

场　　记：李　然

制片主任：赵　跃

《大西山》情景再现演员表

康熙（青年）——李　成

曹雪芹——郝京临

李克农——李长军

金章宗——宋小杰

纳兰性德——王　尊

乾隆（老年）——乔　亮

六世班禅——李　峰

康熙（中年）——娄　军

乾隆（中年）——高　山

光绪——张　强

皇太后——王淳华

于文龙——徐中伟

曹寅——张　强

贝熙业——鲁斯兰

雍正（青年）——王正文

圣琼·佩斯——马　赛

迦陵和尚——绍圣智

静琬——郝京临

丘处机——郭　青

法献——董　伟

贾岛（成年）——颜一鸣

司徒雷登——布莱恩

冰心——李龙光

曹火星——侯　宇

侯仁之——杨长志

慈禧——邢瑞娟

马致远——金美嶂

裴文中——郭恩吉

成吉思汗——王金阳

耶律楚材——李　龙

忽必烈——李天佑

刘秉忠——陈天成

马可·波罗——尤　里

技 术 总 监：匡　葵

特 效 总 监：赵新生　贺文林

特 效 导 演：黄　锐

DIT 技术指导：郭豪珺

技 术 支 持：张墨一

后 期 制 作：刘晓光　张　鹏　沙　静　柳　杰
　　　　　　　钟甲怡　高　媛

特 效 制 作：冯中锋　刘　睿　刘珞莹　赵俊生　莫盼盼

整 体 包 装：刘　睿　冯中锋　吴　波　莫潘潘

宣传片制作：吴　波　李红国　廉永搏　薛　巍

延 时 制 作：孙　鹏　刘　浩

DIT 数据管理：孙　鹏　刘　浩　江　舸

调　　　　色：李红国　郭豪珺　钟甲怡　高　媛　刘珞莹

　　　　　　　赵俊生　武经纬　刘　浩

VI　设　计：张　涛

CG　绘　画：北京青风湾文化传播有限公司

CG 绘画指导：李一泺

绘　　　　画：王　婧　吕羿琛　毛玉涛

沙　　　　画：赵丽敏

数字景观复原：清华同衡规划设计研究院有限公司

　　　　　　　北京清城睿现数字科技研究院有限公司

　　　　　　　北京数字圆明科技文化有限公司

旁　　　　白：任志宏

作　　　　曲：杨一博

音 乐 制 作：记忆时刻录音棚

音 乐 编 辑：许世进

童 谣 配 音：甄　妮

宣 传 总 监：许　燕

新媒体主编：田　刚　卢　霜　王哲明　张博文　王一鹜

新媒体责编：戎　融　宋丹词　潘九鸣　李　佳　姚戍鹤

　　　　　　　崔圆圆　李雯丽

新媒体编辑：江 舸　王瑶琪　张梦瑄　王 萍　聂慕婷

王程程　丁伟民　许红军　陈 凌　赵 萌

张立臣　许栀白　史啸思　李 真　李国强

左虎跃　徐昕航　熊木子　刘晓萌　王硕驰

姚 瑶　王振腾　李杨帆

责 任 编 辑：刘 瑜

资 料 管 理：江 舸

资 料 支 持：中央新影集团

助　　　　理：雒健晴　王雨濛　卓 晗

制　　　　片：江 舸　顾 宇　吴小改　赵 霞

制 片 主 任：王 振

总 制 片 人：王淳华

监　　　　制：张 庆　刘 民

总 监 制：王 珏　艾冬云

出 品 人：李春良

主 办 单 位：中共北京市委宣传部

拍 摄 单 位：昌平区委宣传部

海淀区委宣传部

石景山区宣传部

门头沟区委宣传部

房山区委宣传部

承制单位: 北京电视台

协拍单位: 北京市文物局

北京市新闻出版广电局

北京史研究会

北京联合大学北京学研究基地

丰台区委宣传部

西城区委宣传部

鸣　谢: 北京市文物局

北京市园林局

北京市铁路局

北京市水利局

北京市公园管理中心

北京市旅游委员会

中国社会科学院

北京大学

清华大学建筑学院

中国军事科学院

中国科学院古脊椎动物与古人类研究所

国家图书馆

北京南水北调办公室

首都博物馆

周口店遗址博物馆

西周燕都遗址博物馆

颐和园管理处

圆明园遗址公园管理处

香山公园管理处

八大处公园管理处

大觉寺管理处

云居寺文物管理处

潭柘寺风景区

妙峰山风景区

郭守敬纪念馆

北京市海淀区贝家花园

十三陵特区办事处

居庸关景区管理处

北京青龙桥火车站

北京詹天佑纪念馆

京煤集团

门头沟旅游委

门头沟区韭菜园村村委会

房山区水峪村村委会

门头沟区燕家台村村委会

北京老年医院

东方结构文化传播有限责任公司

雨田（北京）国际文化传播有限公司

北京电视台

2016 年 11 月

图书在版编目（CIP）数据

家源·问道 / 王淳华主编 . — 北京 ：北京出版社，
2018. 2

（大西山）

ISBN 978-7-200-13772-9

Ⅰ. ①家… Ⅱ. ①王… Ⅲ. ①电视纪录片—解说词—
中国—当代 Ⅳ. ①I235. 2

中国版本图书馆CIP数据核字（2017）第323571号

大西山

家源·问道

JIA YUAN·WEN DAO

王淳华 主编

*

北 京 出 版 集 团 公 司
北 京 出 版 社 出版

（北京北三环中路6号）

邮政编码：100120

网　址：ｗｗｗ.ｂｐｈ.ｃｏｍ.ｃｎ

北 京 出 版 集 团 公 司 总 发 行
新 华 书 店 经 销
北京博海升彩色印刷有限公司

*

889毫米×1194毫米　32开本　4.25印张　55千字
2018年2月第1版　2018年2月第1次印刷
ISBN 978-7-200-13772-9
定价：48.80元
如有印装质量问题，由本社负责调换
质量监督电话：010-58572393
责任编辑电话：010-58572457